一輪

池井昌樹

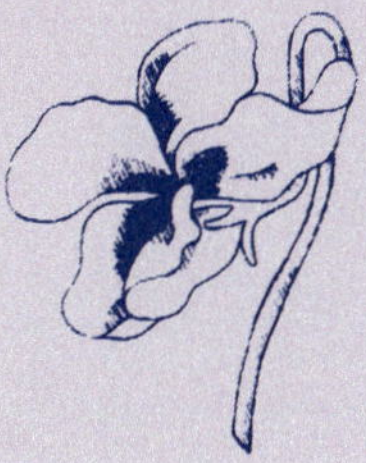

思潮社

一輪

池井昌樹

一輪

池井昌樹

思潮社

目次

装幀＝思潮社装幀室

一輪

今朝

わたしがたっているここは
だれもしらないどこかです
わたしがたっているいまは
だれもしらないいつかです
いまにもあめがふりそうで
けれどときどきひもさして
しきりにとりがないていて
わたしがバスをまっている
けさはいつものあさなのに
わたしがひとりたっている

だれもしらないわたしです

一輪

故郷の家の母屋の奥の
そのまた奥のひだまりに
わたしはいまも
ひとりねむっているのです
かすかに蜜のにおいがし
かすかにかすかに羽音がし
かすかに蕊《しべ》がゆれている
ほかにはなにもありません
みんなおわったことだから
ここにはだれもおりません

わたしはひとりめをとじて
都会のつまやこらのこと
つまやこといるわたしのことを
ゆめみていたりするのです
ゆめをみながら
なみだぐんだりするのです
故郷の家の母屋の奥の
そのまた奥のひだまりに
わたしはひとり
いまでも咲いているのです

花唄

あいしているのにあえないひとらが
あとからあとからめをさますから
こんやもねむれないのです

あいしているのにあえないひとらが
あとからあとからゆきすぎるから
ぼくはねがえりばかりです

あいしているのにあえないひとらは
おわってしまったひとたちだから

だからおわりがないのです

こんなしずかなまよなかに
ぼくだけひとりさめていて
めをとじたままさめていて

はなうたなんかうたっているが
たのしいわけではないのです
ちっともたのしくないのです

月の夜には

むかしうみとかそらとかあって
さかなもとりもともにいて
いまからおもえばゆめのよう

むかしあさぼしよぼしがあって
あさからよるまではたらいて
みのたけほどのくらしがあって

むかしめおともおやこもあって
まずしかったしけんかもしたが

ほんとにたのしかったよなあ

いったいいつからなんだろう
こんなところにおしこまれ
こんなところにつるされて

ときどきえさなどあてがわれたり
きりなどふきつけられたりしても
うまくもかゆくもたのしくもなく

つきのよるには
むしょうにむかしがこいしくて
にんげんみたいにないたりもして

螢

夕餉とは
だれと向きあう夕べだろう
ある夏の宵
川のほとりの木の株に
粗末な布を敷きながら
母は子どもを呼んでいる
父も野良からもどってくる
蚊柱が立ち
一本の燭のほかには
まずしい菜の並ぶだけだが

それぞれはみなみちたりて
それぞれの目にながめいる
子はちちははの目のおくに
とおいやさしいほほえみを
ちちははは子の目のおくに
とおいよく似たほほえみを
蚊柱の音《ね》も絶えるころ
それぞれもとの姿にもどり
おしりにかわいい燈《とも》を点し
このひとときにおもいのこさず
それぞれねぐらへかえってゆく
夕去れば
川のほとりも星空のよう
千年万年むかしから
くりかえされたものがたり
この星に

かたりつがれたものがたり
夕餉とは
だれと向きあう夕べだろう
一本の木も川もなく
燭はいつしか燈を点《つ》けず
もどりみちさえなくしたものは
おもいばかりをどっさりのこし
人にも螢にもなれず
にんげんのまま
きえてゆくのだ

銀河のむこうで

ぼくの手は
やすみなく
返本の山かかえたり
レジのボタンを押しつづけたり
小銭ばかりをかぞえたり
髪の毛をかきむしったり
よごれた吊革にぎりしめたり
いつしかすっかりかたくなり
指紋もとっくにすりきれて
銀河みたいにぼやけているが

ぼくの手は
ほんとうは
それだけのためばかりではない
なにかのためにあるのだけれど
なにかやさしいなにかのために
なにかしたくてあるのだけれど
おんぼろの手は
ひらいてみても
にっこりわらっているばかり
あどけない眼が
だまってぼくをみつめているのだ
銀河のむこうで
すこしふるえて

しらないまちで

父も棄て
夫《つま》も棄て
店員も棄て
子にもどりたい
この空の下
子にだけは
もうもどれない
かたすぼめ
まえかけをしめ
いまいちど

きのきかぬ店員となりに
甲斐性ない夫となりに
父となりに
いつまでも空がみている
しらないまちで

書いている

かいている
かいていることそのことが
こんなにみんなをこまらせる
まわりのだれもをこまらせるなら
かくことはもうやめにして
たとえばどこかの教室で
えそらごとでもならおうか
けれどもそれではあきたりない
あきたりないからなおのこと
ひとめしのんでかいている

かいていることそのことが
やっぱりみんなをくるしめる
あいするものまでくるしめるから
ぼくはどこにもゆけなくて
こんなところでじっとして
エンピツなんかとりだしていて

とおいこえ

深夜電話が鳴って
ぼくのこえがした
ぼくはぼくのこえを
だまって聞いていた
ぼくのこえはとおく
とおくぼくを呼んで
そしてふいに切れた
うみのような深夜
くらいみみをすまし
ひとりだまっていた

穴

あかずみていたひとつのあかりが
あるときふいにうしなわれ
おおきなくらいあながのこった
おおきなくらいそのあなは
あんまりおおきくくらいので
やっぱりあかずみつめている
みているぼくにかわりはないし
ながれる日々にもかわりはないが
おおきなくらいそのあなが
あれからずっとぼくをみている

あくこともなく
いまもみている

花

こどものうちがはなだとか
だいのおとなはいうけれど
はながちってもきはのこり
やがてかぜさえふきすぎて
なくことだってあるでしょう
だれもきいてはくれません
あるひことりがまいおりて
はねをやすめもするでしょう
みているだれもおりません
やがてみきにはうろがあき

やがてかれはてくちはてて
もとのひなたになるでしょう
なにかめぐんでいるでしょう
こどものうちがはなだとか
おもったことはありません
おとぎばなしのようだけど
だれかはなしていたかしら
だれかがきいていたかしら

樹

しあわせなかぞくはさらに
しあわせなかぞくのうえで
うっとりさいているのです
しあわせなかぞくはさらに
しあわせなかぞくのころを
なにもおぼえておりません
だからこそ
いまをさかりとはなをつけ
うっとりゆれているのです
まんかいのこのきもやがて

まんかいのもとでねむりに
つかんこと
しあわせなはなでうもれて
ゆかんこと
かぞくのまどをすこしあけ
だれかがそらをみています
だれかがなにか
おもいだそうとするのです

人里

ひとざととおいどこかには
おおきななにかたちならび
おおぜいなにかしています
だれもひとではありません
だれもいきてはおりません

ひとざととおいどこかでは
よるになってもひはくれず
あさになってもよはあけず
はなもきもなくゆめもみず

不死鳥ばかりがまいおどり

ひとざととおいどこかから
とおくはなれたひとざとで
あんなにさいていたことも
あんなにいきていたことも
ここからはもうみえません

ひとざとにひのくれるころ
だれもがひとをおもいます
だれかかえってくるような
かえりをまっているような
ひとざとにひのともるころ

生きていて

しにたえたようなところで
しにたえたもののように
いきてゆけたら
とおもう
しにたえたようなところは
しにたえたものたちばかり
とてもしずかで
もういがみあうこともない
もうしぬこともなにもない
だれもえがおで

うっとりくもがうかんでいて
そんなところはどこにもないのに
そんなところがどこかにないかな
とおもう
いきているものばかりのまちで
いきていて

大きくなったら

おおきくなったらなんになる
おおきくなったらどこへゆく
おおきくなってみまわせば
もうなにもなくどこもなく
くたびれはてたおじさんが
しょんぼりひとりいるばかり
おおきくなれないおじさんが
もしもおおきくなれるなら
ひとつねがいがかなうなら
もういちどだけちいさくなって

もういちどだけ
だれかたずねてほしいのだ
おおきくなったらなんになる
おおきくなったら
だれもどこにもいないのに

鳥の群れ飛ぶ風景

ななつのこなどおりません
やまのふるすもありません
からすはまちのそらにいて
こわいこわいとなくのです
そらのしたにはまちがあり
おおぜいひとがゆきさして
どこかいそいでいるけれど
どこかへにげてゆくけれど
そこがどこだかわからない
ひとのこえさえきこえない

きょうもだれかがさきへゆき
だれかがきょうもこぼれおち
まんいんでんしゃはしたうちし
だれもがあらぬかたをむき
からすのむれとぶまちのそら
なにごともなくときはすぎ
そらのしたにはいつからか
もうまちもなくひともいず
けだものみちがさむざむと
どこかへおれているばかり
あらしになるかもしれません

町

あれはなんねんごのまちかしら
よごれたまどのあちらがわ
あんなにあんなにひかってみえる
くりすますかしら
きらきらきらきらまばゆいばかり
よごれたまどのこちらがわ
ぼくはほこりをかむっている
ほこりをかむってはたらきながら
まどのあちらをみつめている
あれはなんねんごのまちかしら

ばすもはしればくさきもそよぐ
なつかしいまち
あんなにあんなにひかってみえる
ぼくがどこにもいないまち
だまってひとりみつめている

おとうさん

おとうさんがねむっています
うちでいちばんすみっこの
おっこちそうなひだまりで
ねむったふりをしています
かあてんがまたかぜにゆれ
とおくつちうつおとがして
こどもらはまだかえらない
どこへつかいにいったのか
おかあさんまでかえらない
ここにはだれもおりません

もうかえらないものたちを
まちくたびれておとうさん
ほんとにねむってしまいそう
とおくつちうつおとがして

いずみ

はあもにかをかった日
はあもにかやのなかは
とてもいいにおいがした
そのまたもっとおくから
もっといいにおいがしてきた
はあもにかやのおばちゃんは
わらってだまっていたが
はあもにかやのおくには
きれいないずみがあって
きれいななにかがいつも

わきでているとおもった
はあもにかやはなくなり
ぼくのまちはなくなり
ぼくはおとなになって
はあもにかやのにおいも
わすれてしまったけれど
わらってだまっていた
おばちゃんのしわのおくには
そのまたおくのおくには
かれないいずみがあって
かれないいずみはいまも
ひとりぼっちでいるとき
くたびれきっているとき
こんこんとこんなとおくへ
わらってだまったまんまで

玉手箱

こんやもおそく
かえろうとして
ホームにたてば
ホームのむこう
ちいさな電車が停まっていて
ちちがひとりですわっている
ぼくよりいくらかわかそうな
やや上気したせびろすがたの
ちちはひとりですわっている
うまれたばかりのこどもへの

おみやげだろうか
玉手箱のようにかかえこみ
ぼくにきづきもしないのだ
こんやもひとり
かえろうとして
ホームにたてば
ホームのかなた
いつ出発してしまったのか
ちいさな電車も
なにもみえない
しらがまじりの
こどもがひとり

影

やがてだれにもおしまれず
あとかたもなくなるおとこが
わらっている
むらさきばんだはぐきむきだし
いまをさかりとわらっている
ひざしはそこまでのびてきて
ひざしはそこでさえぎられ
そこからさきへはすすまない
そこからむこうはかげばかり
くっきりくろくおちていて

なにがそんなにおもしろいのか
わらっている
いまをさかりと

桃李

おもてのかじばさわぎをよそに
当人はひとり
桃李のみちをあるいています
あかるいかぜがふきわたり
どこかでとりがないていて
当人はひとり
ぐろおぶがたのくりいむぱんと
びん牛乳の
おひるごはんをおもっています
むすこらは

救急車をよびつづけるでしょう
つまはむねおしつづけるでしょう
マウストゥマウスもするでしょう
おもてのかじばさわぎをよそに
当人はひとり
桃李のみちをあるいています
まばゆくしろいえぷろんに
あたらしい
おおきなふだをつけてもらって
当人はひとり
あかるいかぜがふきわたり
どこかでとりがないている
だれもしらない
いまきたみちを

雲を霞と

だれかしきりに
よぶこえがして
われにかえると
陽光はぼんやりあまく
やっぱりここは小川のほとり
うごくともないやわらかな
みずのうごきを
ならんでだまって
みつめていたのだ
どうしたの？

ああおそろしい
夢をみちゃった
よにもみにくいおやじになってさ
よにもみにくいとかいのすみでさ
よにもみにくいおもいにみちてさ
よにもみにくい

でもよかったね
ああほんとうに
夢でよかった
ぼくたちが
くちぐちにそういいかわしながら
くもをかすみときえされば
ぼんやりあまい陽光はきえ
川もきえ
夢にみられることもない

よにもみにくいおやじがひとり
こんなところで
（夢なんかじゃない）

家路

よにもさびしいこのまちで
よるになるまではたらいて
よるになってもはたらいて
いきているのに
よにもさびしいこのまちは
よにもさびしいことばかり
そこしれぬほどさびしくて
ひとのこえさえきこえない
それでもいきてゆきたくて
ちちはこへこはそのこらへ

よろこびをまたかなしみを
かたりきかせてきたけれど
よにもさびしいこのまちは
よろこびもなくかなしみもなく
だれもがうすらわらっていて
そこしれぬほどしずかなのだ
それでもいきていたいから
でぐちなんかはほしくもないが
どこがでぐちかいりぐちなのか
いきているのかいないのか
ぼくさえどこにもみつからない
よにもさびしいこのまちに
けれどひはくれ
やわらかにまたそらがもえ
だれもがわれにかえるころ
だれもはおもわずたちどまるのだ

だれかがよんでいるような
あのそらのした
いきていたいと
いえじをたどることもわすれて

鶴

うすぐらいついたてのかげ
すっかり箔のとれてしまった
鶴の目をひとりみていた
どこからかあかりがさして
やさしいものらの歓声がして
いますぐにでもとびこみたい
こころぼそさでいっぱいなのに
ここがもといたところのようで
だまって鶴の目をみていた
いつまでもただ澄みわたる

もうつむれないなにかみていた
こどものころのことだった
いつか宴《うたげ》はすぎ
ものみなはゆき
ぼくをよぶこえもないのに
まだひとりいる
どこからかあかりがさして
ぼくのような歓声ももれてくる
うすぐらいついたてのかげ
しずかな水場のようなところで

春風

寂光をたたえるちちと
はるかぜのなかをあるいた
だれかのゆめのなかのよう
いちめんののばながゆれて
ゆきかうひともなかった
はるかぜのふくこのみちは
いつはてるともしれなかった
ちちはふざけて
ぼくのてをひくしぐさをし
ぼくもふざけて

てにてをひかれるしぐさをし
倦《う》むこともないのだったが
寂光をたたえるちちは
ぼくをふりむきふりむき
やがてさきへときえゆき
ぼくもまた
だれかふりむきふりむき
みちくさなんかしながら
ひとりきりあるいているが
すずつけたはるかぜのふく
はるかぜのふくこのみちは
いつはてるともしれなかった

日々

詩をかきつづけているあいだ
ぼくはたのしくはたらきました
みんなわらっておりました

詩をかきつづけているあいだ
ぼくらはいっしょになりました
陽はうららとさしました

詩をかきつづけているあいだ
こどもはおおきくなりました

そらにはほしがありました

詩をかきつづけているあいだ
ちちはわらってゆきました
みんなどこかへゆきました

詩をかきつづけているいまも
ぼくははたらきわらっています
詩はまだどこにもありません

うらうらと陽のさしてくる
ここがどこだかしりません
ここにはだれもおりません

木陰

むすこたちがいっしんに
たべているのをみることの
なんというしさだろう
さんざんまよいあるいてきた
うたがいつづけていきてきた
わたしのとぼしいはたらきを
つまがたんせいするゆうげ
ささやかだけれど
きょうもゆげたつごちそうを
まようことなくたべている

うたがいもなくたべている
おまえたちといられることの
なんというしさだろう
そだちざかりのきのめたち
やがておおきくなるひまで
おおきなこかげをつくるまで
みとどけようもないけれど
そんなことなどおかまいなし
またおかわりのおまえたち
みとれていると
このいのちにも
かぜがわたってゆくような
はずれのおとがするような

ほしあかり

まくらもとからしんぱいがおで
のぞきこんだりしてくれたのは
あれはだれだったのかしら
かわるがわるにやさしいこえで
ささやきかけてくれたのは
あれはだれだったのかしら
ぼくはすっかりよくなって
こんなところでとしをとり
ここにこうしているけれど
あのひとだけはわからない

ふとんのなかからかおをだし
だまってひとりみていたのは
あれはだれだったのかしら
かわるがわるにみくらべては
わらったりまたねむったり
あれはだれだったのかしら
あのひとだけはわからない
とおいほしあかりのような
あのひともまたあのひとも

王城の外

王と王妃のもとにうまれた
わたしは王子でしたから
あなたのことをかたときも
わすれたことなどありません
あなたにあいされたいために
あなたにほめられたいために
あなたをおどろかせるために
こんなにいきてきたのです
あなたがみまかられるときに
あなたはわたしのほとんどを

いっしょにつれてゆきました
いまはかぼそいともしびが
かぜにゆらいでいるばかり
こんなかぼそいともしびならば
ふきけされてもいいのだけれど
あなたがみまかられたあとも
わたしはまいあさひげをそり
むすこはいよいよせたけをのばし
だれのためでもなくせせらぎは
しずかにすぎてゆくのです
あなたはわたしのすべてだから
王子のままでいたかったのに
あとかたもないあなたのあとには
あなたとあなたのつれさった
まだあどけないわたしのような
ひなたがわらっているばかり

ちいさくなってしまった王妃
ひとりぼっちのわたしのははが
めをしばたたいているばかり
わたしの居場所はありません
あなたはわたしのすべてだから
わたしはあなたのすべてだから
王子のままでいたかったのに
それもかなわぬのぞみなら
いましばらくは王城の外
あなたのいない荒れ野のみちを
あゆませてはいただけまいか
せたけをのばすむすこらと
いよいよ造反するつまと
くっきりかげをおとしながら
このみちをなおこのさきへ
あゆませてはいただけまいか

ただそれだけで

ただそれだけで
つまもむすこもしあわせで
いなかのははもしあわせで
せかいぜんたいしあわせで
ただそれだけのことなのに
それだけがまだわからない
きそいつづけることでなく
たくわえつづけることでなく
それだけのこと
それはだれもがしっている

とてもやさしいことなのに
それなのにまだわからない
ぼくはまいにちはたらいて
まいにちまいにちはたらいて
つまもむすこもしあわせで
いなかのははもしあわせで
せかいぜんたい
こんなにしずまりかえっていて

無明

わたしをのぞむものはないから
わたしはもはやのぞまれないから
ここからたちさりたいのだけれど
いますぐたちさりたいのだけれど
たちさるところがどこにもなくて
やっぱりここにたっている
またれるひととひととにまぎれ
まだこぬバスをまっている
無味無臭無明の日々にめをとじて
わたしはどこへはこばれゆくか

あきのひざしをいっぱいにあび
あきのひざしはまぶたのうらを
こんなにかげらせあかるませ
ひざしのなかではわたぼこり
いえじをいそぐこらのよう
さよならあ……さようなら……
さよならあ……さようなら……
うれしげにまたさみしげに
ときはなたれてゆくのだけれど

晴晴

すっかりおわってしまったら
ゆっくりはなしがしたいねえ
すっかりおわってしまったら
なんにものこらないけれど
ゆっくりはなしができるねえ
よくひのあたるたたみのうえで
かたちだけでもさしつさされつ
さされつさしつこころゆくまで
すっかりおわってしまったら
もうはじまりもおしまいもない

あとかたもないぼくらのことを
きらきらはなしていたいねえ

あこや貝

あやしくなみかぜたつむねを
しずませながら
いつものように
バス停までのしずかなみちを
いそいでいると
すてられたもの
おとされたもの
陽がさしてまた陽はかげり
その陽だまりのどこかしら
ひとつぶの

まばゆいものがねむっている
いきづいている
そんなときには
さわぎたてゝはならないのだ
けっしてけっして
ならないのだ
そんなときには
なにくわぬかお
だまってとおりすぎるのだ
だまってバスにのりこむのだ
あやしくなみかぜたつむねに
そのみなそこに
ひとしれず
まどろむものが

朝陽の底で

わたしをのせたこのバスは
どんなところへゆくかしら
どんなきれいなまちかしら
ゆめみごこちでいるうちに
こんなところにつきました
いつかどこかでみたような
よごれたあさひがうずまいて
あさひのそこではおおぜいの
おんなじかおのひとたちが
みんなおんなじかおをして

おおきなあなへおちてゆく
あとからあとからおちてゆく
わたしのおもっていたまちと
すこしちがっているけれど
それでもうっとりしていたら
わたしのあしもとからなにか
どんどんどんどんこぼれだし
わたしもおんなじかおをして
どこかへおちてしまいそう
わたしはどこからきたかしら
わたしはどこまでゆくかしら
わたしはだれだったのかしら
わたしはなんにもしりません
いまでもうっとりしています

あした

三百六十四日間
わたしははたらきつづけます
はたらきつづけてほほえんで
ほほえみつづけているのです
いらっしゃいませこんにちわ
ああつかれたなさんたまりあ
三百六十五日めに
わたしはたおれてしまいます
たおれてねむってしまいます
だれかのむねのなかのよう

ふとんにかおをうずめたり
うずめたりしているのです
ちくたくちくたくちくたくと
こんやもつまはきざみます
むすこらはまだかえらない
ちくたくちくたくちくたくと
三百六十六日め
あしたがはじまるそのまえを
しずかなときがながれます
ふとんのなかからかおをだし
だれかきょとんとしています

一輪

ちいさなうちにくらしていても
まいにちゆめをみています
まいにちたよりもとどきます
とおくからまたちかくから
うれしいたよりがとどきます

ちいさな日々をすごしていても
まいにちゆめはみています
まいにちだれかとであいます
いきているひといないひと

いきているひとばかりです

ちいさなうちもちいさな日々も
ちいさいことはちいさいけれど
いつもゆめみているのです

ちいさなうちのまどべには
ちいさなはながさいてます
よろこびもまたかなしみも
だれにしられることもなく

春雪

いつもとおなじあさなのに
なにもかもみなあたらしい
さえずるとりもさくはなも
ゆきかうひともあたらしい
いつもであっていたものが
であいつづけていたものが
いつもとおなじやさしさで
いまはわかれをつげている
いまをかぎりとつげている
いつもとおなじこのみちが

いつもとちがうどこかへと
わたしをつれてゆきそうな
はるのまぼろしなのかしら
さえずるとりやさくはなや
なにかわらないものみなが
いっせいにまうゆきのよう
にこやかにまたはれやかに
いまはてをふりつづけるのだ

春の小川

めずらしく
閑散とした
出勤途上の電車のなかで
はるのおがわが
聞きたくなった
めずらしく
上機嫌の祖父
会社を退いてまもないころか
良く陽のあたる縁側で
あぐらをかいて

はればれとして
はるのおがわは
さらさらながる
うがいみずゆすらすように
こぶしをまわし
こうごにあたまをかたむけていた
祖父の微笑を
もういちど
みあげてみたくなってしまった
祖父のおがわは
さらさらゆかず
さらさらながる
そこがおかしく
おさないぼくは
わらいころげてしまうのだったが
いつもとちがうかおつきの

祖母がよりそい
かたをならべて
きしのすみれや
れんげのはなも
唱和しているうしろすがたは
だまってみているほかなかった
すっかり禿げた少年と
しらがまじりの少女のおがわは
さらさらながれ
ひかりがあふれ
すがたやさしく
いろうつくしく
咲けよ咲けよと
遠くのほうから
だれかのまぶしいささやきが
たしかにぼくへもさしこんできた

出勤途上の電車のなかで
また今日が
うごきだすのを待っているとき
とうとつに
はるのおがわが
祖父母のうたうはるのおがわが
聞きたくなってしまったのは
いまはない祖父母がいまも
あの陽だまりにかたをよせあい
ほれぼれと
唱和しているからではないか
まんかいの
すみれやれんげにえどられた
はるのおがわのほとりにしゃがみ
ぼくたちもまた
いつからとなく

唱和していたからではないか
遠くから　そして
遠くまで
うすももいろの霞《かすみ》のおくを
はるのおがわはきらきらと
ながれつづけてありにけり

只今

じいちゃんは仏教の会
とうちゃんは参宮《さんぐう》電鉄
ばあちゃんはいま夏座敷
すぐにちるはないけているから
ねえちゃんにあそんでもらおう
いつものようにかいだんを
とびおりようとしたとたん
いつものようにかあちゃんが
めをさんかくにしてにらむから
はだしでそとへかけだせば

ひのてるそとではねえちゃんが
しらないはなをてにのせて
このはなのみつすうてみよ
いたずらっぽくいうけれど
日々のたつきはくるしくて
あけてもくれてもはたらいて
くる日すぐる日たびかさね
しわもしらがもふえるうち
じいちゃんがかえってくるから
とうちゃんにしかられるから
せんたくものをかかえたまんま
かあちゃんがまたにらむから
おふろばであしをあらって
ぼくはすごすごもどるのだ
いりこのだしのにおうほう
いまはどこにもないどこか

どこにもいないだれかのもとへ
ひとりぼっちで
ただいまと

しらないひとが

しらないひとがふえてゆく
しらないひとがふえてゆく
あのまちこのまちひがくれて
ここがどこだかわからない

しらないひとがふえてゆく
しらないひとがふえてゆく
いまきたこのみちかえれない
わたしがだれかわからない

あんなにやさしくいじわるく
わたしをみはってくれたひと
どんなときでもどこででも
わたしをさがしてくれたひと

あのひとたちはあつくるしいが
しらないひとはさむざむしい
あんなににげかくれたくせに
あのひとたちがこいしいよ

しらないひとはしらないかおで
わたしをとおりすぎてゆく
あるかないかもしらぬげに
わたしをとおりぬけてゆく

しらないひとがふえてゆく

しらないひとがふえてゆく
おうちがだんだんとおくなり
わたしがだんだんきえてゆく

それでもここははなざかり
しらないひとがおおぜいで
てをうちならしはやします
なんのおまつりなのかしら

うしろのしょうめんだあれ
うしろのしょうめんだあれ

鳥打帽子

病弱そうなそのひとが
わたしのうちへきたよるを
いまでもわすれられません
とてもしずかなよるでした
病弱そうなそのひとは
やさしくわらっておりました
ちちもわらっておりました
なんだかわたしもうれしくて
わらってばかりおりました
ぎんがにけむるそらのした

病弱そうなそのひとは
わたしのあたまへてをやると
ひとりかえってゆきました
とりうちぼうのひとでした
むかしなにかをしていたと
ちちがもうしておりました
そのちちももうおりません
いまはだれもがしっている
病弱そうなそのひとの
なまえをおもいだせません

立秋

わたしを夫《つま》とするかなしさ
わたしを父とするさびしさ
よあけのゆめに泣きながら
となりで妻はねむっている
息子らがああねむっている

わたしが夫であるおどろき
わたしが父であるおののき
よあけにひとり目をさまし
かすかな寝息を聞いている

いつまでもまだ聞いている
お盆やすみのおわりの日
しらない秋のはじまる日

落日

むかしわたしもおおきなみちを
おおでふりふりあるいたような
そこのけそこのけわたしがとおる
陽もさんさんとそそいだような

いまもわたしはどこかしら
あるいているにはいるけれど
なにもみえないきこえない
てさぐりてさぐりするばかり

それでもかぜはふいてきて
かぜにはあきのにおいがして
あいたいひとにあえそうで
むねがわくわくときめいて

いつか経てきた夜《よ》も昼も
いまはどこにもないけれど
終夜電車の灯のような
それをとおくでみるような

ほそぼそ涯《はて》しもないみちを
あきからふゆへまたはるへ
そのむこうへとむこうへと
しずむ夕陽をおいかけて

旧家

くらいさみしいやますそのみち
ひとりあるいておりました
どうしてなのかしりません
とけいやのとけいがみんな
そろってわたしをみるようで
とこやのネオンはうずまいて
いなほはかぜにざわめいて
なきだしそうになったとき
やさしいこえによびとめられて
ふるいうちへとまねかれました

どこからきたの　おなまえは
やさしくたずねられるのに
なんだかほっとしてしまい
なんにもこたえられません
それはしずかなうちでした
どまにおおきないけすがあって
いけすといってもどこかしら
うみへつづいているらしく
ひかりもさしておりました
われをわすれてみとれるうちに
どこかでちゃぽんとおとがして
わたしはおよいでいたのです
こどものころのことでした
あれはゆめだったのかしら
どこからきたかだれなのか
いまでもおもいだせないけれど

いまでもわたしはどこかへと
おびれせびれをふりながら

雪

おとなになってもおまえたちと
また湯豆腐をかこめるかなあ
なべのなかみはおなじでも
なべをかこんでいるものは
年々歳々としをとり
年々歳々とおざかり
それでもなべはあかるんで
おにくばかりじゃなくネギも
シイタケもみなたべなさい
そのシイタケももうにえて

ほかほかゆげをたてるのに
まだかえらない
かえってこないものたちを
まちわびているまどのそと
いつからかしら
あんなにゆきが

そのときまでは

おしまれてゆくひともあり
いきながらえるひともあり
ひとにかわりはないものの
いきながらえたこのぼくは
いくらなんでもとしをとり
おしまれいったあのひとは
いくらなんでもおなじかお
ほほえみかけてくるばかり
ほほえみかえしたいけれど
あなたにあわすかおもなく

こんやもさけをあおるのだ
いきながらえただれかれと
いつものおだをあげるのだ
しわやしらがをさかなにし
あなたのしらないくるしみを
あなたのしらないよろこびを
おしまれようがなかろうが
あなたにあえる
そのときまでは

灰色の空いっぱいに

ああ　ちちが
ちちがいました
あれからときがたちました
むすこもおおきくなりました
わたしはとしをとりました
すっかりさびしくなりました
こんなにさびしくなってから
ようやくあなたをおもいます
ちちにておはせしひとのこと
出勤途上のふゆのそら

はいいろのそらいっぱいに
ちちがわらっているのです
それでいいともわるいとも
げんきでいろともいるかとも
なんともいわないちちですが
いつかどこかでみたような
はじめてあった日のような
ああ　ちちが
はいいろのそらいっぱいに

蚊帳

後記にかえて

私は生来怖がりだ。殊に雷が怖い。あの音も光も耐え難く怖い。遠くから微かに雷鳴がするだけで、穴があったら入りたいほど畏《おそ》ろしい。しかし、生計《たつき》の日々にそのような穴のあるわけはなく、已《や》むなく傘を差し、ひびわれた自転車の前後へ本日発売の雑誌を積めるだけ積み上げ、雷鳴とどろく中よろめきながら配達回りに出かけることも度々だった。そのような絶好の修錬場も私の臆病を矯正することはできなかったけれど。

幼い頃、故郷の家では雷が鳴り出すや雨戸を閉《た》て切り、お仏間に青蚊帳《かや》を吊し、家中のものがその中で息をころした。時折、桑原くわばらとお呪《まじな》いの囁きもした。四隅の円い釣金具以外に麻布の蚊帳は雷を通さぬものと信じられていたようだ。自然の驚異が過ぎ去るまでは誰もがおなじ薄暗がりで肩を寄せ合わざるをえない。そのような否応ないひとときはしかし私の幼な心に或る無上の思いを――朧《おぼろ》ではあっても決して消えることのない燈を点してくれたようだ。私はその中で遠い御先祖たちの名前や様々な逸話を夢見心地に聞いていた。今は何ひとつ覚えていない。

故郷を後にして三十年余。その間いったん出戻ったりもしたが、私の生活の基盤、いや、息子たちの生きる根拠はすでにこの異境東京にある。「いずれの日にか郷《くに》に帰らん。そのときは骨になってね」。かつて若かりし日に嘯《うそぶ》いた父への反抗のひとことが、今は私自身の胸に痛く苦く突き刺さる。

しかし、いらっしゃいませ、ありがとうございますの明け暮れの中、雷ばかりではない日々の驚異に穴があったら入りたくなるような一瞬、生きてあるからこその屈辱に思わず吹き出したくなるような、泣き叫びたくなるような、そのどちらかにしてくれと大声で喚《わめ》き散らしたくなるような断崖の一瞬、私はあの青蚊帳の中に居る自分をつよく感じるのだ。

私を愛するものたちが私へそうしてくれたように、息子たちへ語り伝える何ひとつないことが私を苛《さいな》む。しかし、だからというわけではないが、私は生きていようと思う。営々と、不毛を耕し続けること。それを喜びと信じ続けてあるかぎり、私は、今はないものたちと、今あるものたちとともにおなじ蚊帳の中おなじ燈を抱《いだ》き合えると思うから。そして、此処に収めた私の貧しい作物もまた、一篇の例外もなく、おなじ蚊帳の中でともに聞いたあの遠い雷鳴からの恩寵だと思うから。

二〇〇三年四月吉日

池井昌樹

一輪《いちりん》

著者
池井《いけい》昌樹《まさき》
発行者
小田久郎
発行所
株式会社　思潮社
〒一六二―〇八四二 東京都新宿区市谷砂土原町三―十五
電話〇三(三二六七)八一五三(営業)・八一四一(編集)
FAX〇三(三二六七)八一四二 振替 〇〇一八〇―四―八一二一
印刷所
モリモト印刷株式会社
製本所
小高製本工業株式会社
発行日
二〇〇三年六月二十日